EL LIBRO DE LAS
VIRTUDES
PARA NIÑOS

Ediciones b
GRUPO ZETA

FE · LEALTAD ·

SELECCIÓN DE
William J. Bennett

ILUSTRACIONES DE
Michael Hague

SINCERIDAD · CO

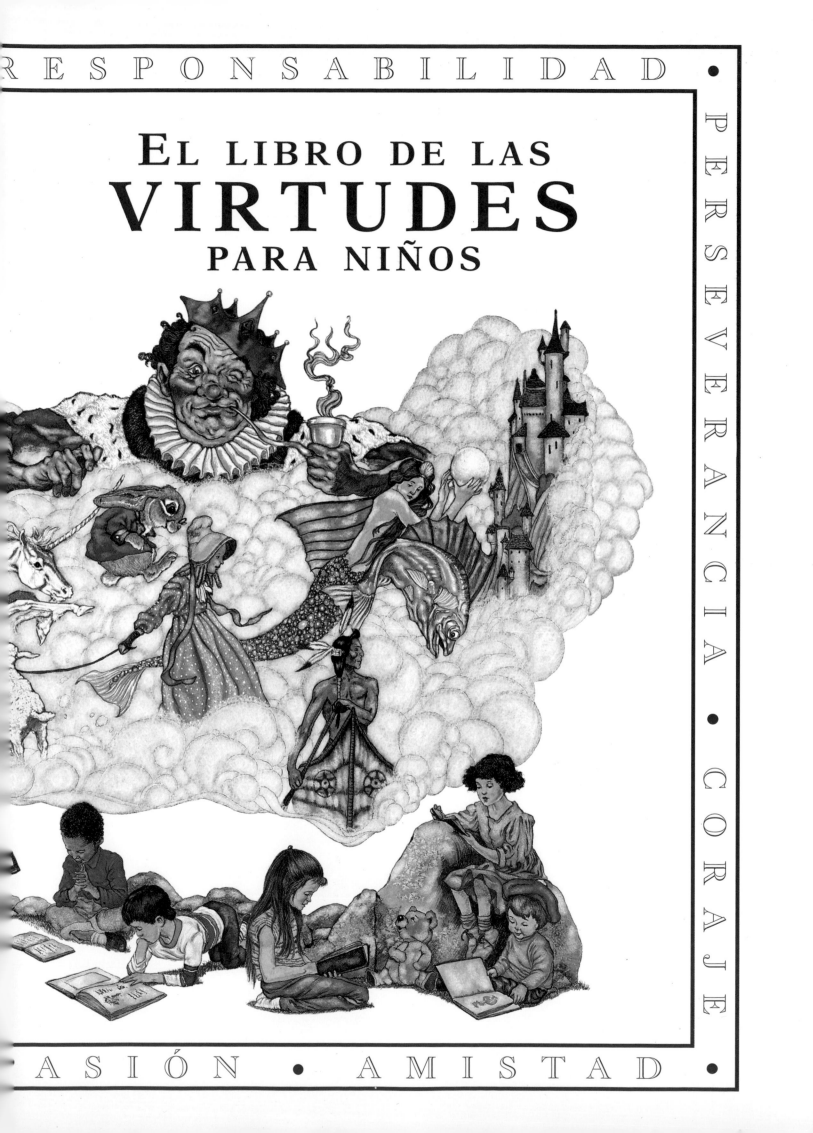

RESPONSABILIDAD

EL LIBRO DE LAS
VIRTUDES
PARA NIÑOS

PERSEVERANCIA • CORAJE

ASIÓN • AMISTAD

Título original:
The Children's Book of Virtues

Traducción:
Mireia Blasco

1.ª edición: septiembre, 1996
9.ª reimpresión: octubre, 1997
© 1995, William J. Bennett
© 1995, Michael Hague, sobre las ilustraciones
© 1996, Ediciones B, S. A., en español para todo el mundo excepto EE UU
Bailén, 84 - 08009 Barcelona (España)

Publicado por acuerdo con el editor original, Simon & Schuster, Nueva York

Impreso en España - Printed in Spain

ISBN: 84-406-6508-3
Depósito legal: B. 36.609-97

Impreso por Industria Gráfica Domingo, S. A.
Industria, 1 - 08970 Sant Joan Despí

INTRODUCCIÓN

La razón que me empujó a escribir este libro fue un comentario que oí una y otra vez tras la publicación original del *Libro de las virtudes*: «A nuestra familia le encantan estas historias, pero es una lástima que no estén ilustradas.» Todos los padres saben que las probabilidades de animar a un niño a sentarse (y permanecer) en su regazo aumentan considerablemente si tienen entre las manos un libro ilustrado, cosa que no ocurre con una antología de ochocientas páginas. Así que me entusiasmé cuando Simon & Schuster decidieron producir una edición ilustrada de historias y poemas seleccionados del *Libro de las virtudes* pensando especialmente en los niños.

Mi esposa no dudó un momento sobre quién debería ilustrar estos versos y estas historias tradicionales. Elayne había compartido muchas horas de cuentos con nuestros hijos, John y Joe, a su lado leyendo libros ilustrados por Michael Hague. Cuando le hablé de este proyecto, se acercó al teléfono y no cejó hasta ponerse en contacto con su ilustrador favorito. Por suerte, Michael estaba disponible y se entusiasmó con la idea. El feliz resultado de todo ello se muestra en estas páginas. Como veréis, las ilustraciones desprenden tanta vitalidad que orientan a los jóvenes lectores hacia lo que es noble, amable y bueno. Tanto los dibujos como las palabras nos hablan de corazones y almas donde mora la virtud. Estas narraciones junto con el lápiz de Michael Hague forman un gran equipo.

Igual que la antología original, esta edición está especialmente pensada teniendo en cuenta la noble y antigua tarea de la educación moral de los jóvenes. La educación moral, es decir, la sensibilización del corazón y la mente hacia el bien, incluye muchos aspectos. Abarca leyes y preceptos sobre lo que se *debe* y lo que *no se debe* hacer. Incluye consejos explícitos sobre el buen comportamiento. Y precisa del ejemplo de los adultos, quienes, a través de su actitud diaria, deben demostrar a los niños que se toman la moralidad muy en serio.

Junto con el precepto, el hábito y el ejemplo, existe también la necesidad de lo que podemos llamar alfabetización moral. Este libro viene a ser para los niños como un manual para ayudarles a conseguir esa alfabetización. Los poemas y narraciones que presenta les ayudarán a comprender cómo son las virtudes, cómo se presentan en la práctica, cómo reconocerlas y cómo actúan. Si queremos que nuestros hijos adquieran los rasgos de carácter que más admiramos —honestidad, coraje y compasión—, debemos enseñarles cómo son y por qué merecen admiración y lealtad.

Nunca es demasiado pronto para empezar la tarea. Las historias de estas páginas pretenden reunir un primer surtido de ejemplos que ilustran lo que nos parece que está bien o que está mal, lo que es bueno o malo. Han resistido el paso del tiempo porque despiertan la fascinación de los niños. No hay nada, ni en la televisión ni en ningún otro sitio, que haya superado una buena historia que empiece con «Érase una vez...». Pero creo que también han resistido el paso del tiempo por otra razón: no sólo seducen a los niños con su fantasía, sino también por su sentido moral. Tienen el poder de grabarse en la mente de los jóvenes y permanecer allí como fieles guías.

El material de este libro apela directamente, sin tapujos, al sentido moral y al espíritu de los niños. Hoy se habla de la importancia de «tener valores» como si se tratara de cuentas o canicas en una bolsa. Pero estas historias no consideran la moralidad y la virtud como algo que deba poseerse, sino como el núcleo de la naturaleza humana. No como algo que se deba tener, sino algo que debemos poner en práctica y que es lo más importante a la hora de actuar. Sumergirse en estos cuentos y versos es como situarse, a través de la imaginación, en otro espacio y otro tiempo. Un tiempo en el que no se dudaba de que los niños fueran esencialmente seres morales y espirituales, en el que las verdades eran verdades morales y el principal objetivo de la educación era la virtud. Al compartir estas historias con los niños, empezamos a inculcarles la idea de que la vida moral y virtuosa es digna de ser vivida. Les invitamos a alzar los ojos. Como escribió San Pablo: «Dejad que vuestra mente piense en todo lo que sea verdadero, honorable, bueno, puro, hermoso, sano, excelente o digno de elogio.»

SUMARIO

CORAJE
PERSEVERANCIA

Vuelve a intentarlo

Has de aprender la lección
        poniendo mucha atención,
y si no es a la primera:
        persevera, persevera.
Al fin cobrarás valor
y aprenderás lo que quieras;
ya verás, si perseveras
        todo irá mucho mejor.

Persevera

A menudo es el mejor método para conseguir respuestas correctas en matemáticas, en gramática, en historia y en la vida.

El pescador que por el frío o la lluvia tiene prisa
   tendrá poco pescado que vender.
El niño que cuando estudia piensa en otra cosa
   nunca la lección podrá aprender.

Mira, lo que estudias lo estudias para siempre,
   por eso es necesario ser prudente.
El nadador que nada cien metros cada día
   terminará por hacer del mar la travesía.

Se puede hacer

Las personas valientes analizan los hechos y preguntan: «¿Es ésta la mejor manera de hacerlo?» En cambio las cobardes dicen siempre: «No se puede hacer.»

Al hombre triste le sucede
que siempre dice: «no se puede».
Rechaza vanidoso cualquier iniciativa
y siempre detesta que se le contradiga;
si por él fuera ya hubiera terminado
con todo lo que en el mundo está inventado.
¡Ni coches, ni teles, ni camiones;
ni vacunas, ni radios, ni aviones!
Él siempre decreta desde un trono:
«¡Seamos semejantes a los monos!»
¿Te imaginas qué grandísimo fracaso
sería a este señor hacerle caso?

El pequeño héroe de Holanda

ADAPTADO DE ETTA AUSTIN BLAISDELL
Y MARY FRANCES BLAISDELL

He aquí la verdadera historia de un corazón valiente, de alguien dispuesto a mantenerse firme hasta cumplir su misión.

Holanda es un país cuyas tierras se encuentran bajo el nivel del mar. Unas gruesas paredes llamadas diques impiden que las aguas del mar del Norte penetren tierra adentro y lo inunden todo. Durante siglos los holandeses han trabajado duro para mantener la seguridad de los muros y así conservar su país seco y a salvo. Hasta los niños más pequeños saben que los diques deben estar vigilados permanentemente porque un agujero del tamaño de un dedo puede ser muy peligroso.

Hace muchos años vivía en Holanda un muchacho llamado Peter. Su padre era uno de esos trabajadores que controlan las esclusas, es decir, las compuertas de los diques. Las abría y las cerraba para que los barcos pudieran pasar de los canales al ancho mar.

Una tarde de principios de otoño, cuando Peter contaba ocho años, su madre le llamó mientras jugaba.

—¡Ven, Peter! —le dijo—. Cruza el dique y lleva estos pasteles a tu amigo, el hombre ciego. Si te apresuras y no te entretienes jugando, estarás de vuelta antes de que oscurezca.

Al chico le alegró mucho ese recado y partió con el corazón alegre. Se quedó un rato con el pobre ciego, le contó los detalles de su paseo por el dique y le habló del sol, las flores y los barcos que navegan por el mar. De repente recordó que su madre deseaba que volviera antes del anochecer, se despidió de su amigo y emprendió el regreso.

Caminando por el borde del canal, observó que la lluvia

había hecho subir el nivel de las aguas, que golpeaban el lado del dique. Entonces se acordó de su padre y de las compuertas.

—Me alegro de que sean fuertes —se dijo a sí mismo—. Si se abrieran, ¿qué sería de nosotros? Estos hermosos campos quedarían anegados. Papá siempre habla de las «aguas furiosas». Supongo que cree que están enfadadas con él por mantenerlas a raya tanto tiempo.

De regreso, se paraba de vez en cuando a recoger las pequeñas y hermosas flores azules que crecían cerca del camino o a escuchar el suave corretear de los conejos sobre la hierba blanda. Y no podía evitar una sonrisa al pensar en su visita al pobre anciano que, ciego, tenía tan pocas satisfacciones y que tanto se alegraba siempre de verle.

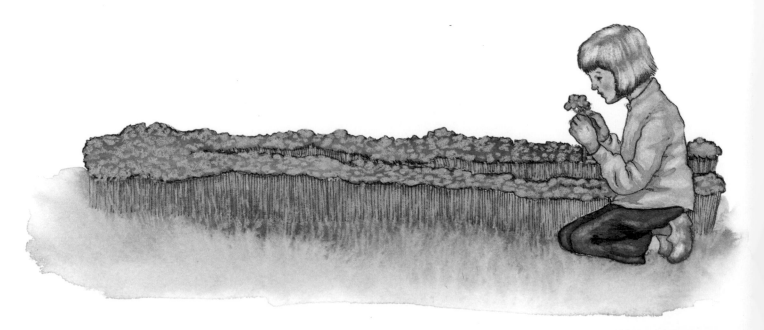

De pronto se dio cuenta de que el sol ya se ponía y que la oscuridad iba creciendo.

«Mamá me estará esperando», pensó, y empezó a correr hacia su casa.

Justo entonces oyó un ruido. ¡Era el sonido de un goteo! Se detuvo y miró hacia abajo. Había un pequeño agujero en el dique por el que fluía el agua.

A todo niño holandés le asusta pensar que se abra una grieta en el dique.

Peter en seguida se dio cuenta del peligro. Si el agua se colaba por un diminuto agujero, éste se iría ensanchando y todo el país se anegaría. Lanzó su ramo de flores, descendió hasta la base del dique e introdujo el dedo en el pequeño agujero.

¡El agua cesó de fluir!

—¡Oh! —se dijo—. Las aguas furiosas no pueden pasar. Puedo contenerlas con mi dedo. Holanda no se inundará mientras yo esté aquí.

Al principio todo iba bien, pero el frío y la oscuridad no tardaron en aparecer. El muchacho no cesaba de gritar:

—¡Venid, venid aquí! —chillaba. Pero nadie le oía ni acudía a ayudarle.

El frío se hizo más intenso, el brazo le dolía y lo sentía rígido y entumecido. Volvió a gritar:

—¿Es que no va a venir nadie? ¡Mamá, mamá!

Su madre le había estado buscando ansiosamente por el camino del dique desde la puesta de sol repetidas veces, y finalmente había cerrado la puerta de la granja pensando que Peter se habría quedado a pasar la noche con su amigo ciego. Al día siguiente le daría una buena reprimenda por no haberle pedido permiso para dormir fuera de casa.

Peter trató de silbar, pero los dientes no paraban de cas-

tañetearle por el frío. Pensó en su hermano y en su hermana, que estarían bien calentitos en la cama, y en sus queridos papá y mamá.

«No puedo dejar que se ahoguen —pensaba—. Debo permanecer aquí hasta que venga alguien, aunque tenga que quedarme toda la noche.»

La luna y las estrellas contemplaban al niño acurrucado sobre una roca al lado del dique. Tenía la cabeza inclinada y los ojos cerrados, pero no dormía, ya que de vez en cuando se frotaba la mano que detenía al mar embravecido.

«Debo permanecer aquí como sea», pensaba. Y allí se quedó toda la noche para que no entrara el agua.

Por la mañana temprano, un hombre que se dirigía a su trabajo por el dique oyó un gemido. Se inclinó sobre el borde y vio a un niño arrimado al lateral del gran muro.

—¿Qué ocurre? —gritó—. ¿Te has hecho daño?

—¡Estoy frenando el agua! —chilló Peter—. ¡Avise que vengan todos rápidamente!

La alarma se extendió. La gente vino corriendo con palas y el agujero no tardó en ser reparado.

Llevaron a Peter a casa de sus padres y pronto todo el pueblo se enteró de cómo, aquella noche, les había salvado la vida. Desde aquel día, nunca han olvidado al pequeño y valeroso héroe de Holanda.

La liebre y la tortuga

ESOPO

La vida nos recompensa si aprendemos a mantenernos firmes y a trabajar hasta el último momento.

Una vez la liebre se burló de la tortuga.

—¡Hay que ver qué lenta eres! ¡Avanzas tan despacito!

—¿De veras? —exclamó la tortuga—. Atrévete a hacer una carrera conmigo y verás cómo te gano.

—Eres una fanfarrona —dijo la liebre—. Pero ¡vamos allá! Correré contigo. ¿A quién le pediremos que señale la línea de meta y vigile que la competición sea justa?

—Pidámoselo al zorro —contestó la tortuga.

El zorro era muy sabio y justo. Les mostró dónde deberían empezar y hasta dónde tendrían que correr.

La tortuga no perdió el tiempo. Partió en seguida y avanzó sin prisa pero sin pausa.

En unos minutos, la liebre se adelantó velozmente dando unos cuantos brincos hasta dejar a la tortuga muy rezagada. Sabía que alcanzaría la meta rápidamente, así que se tumbó bajo la sombra de un árbol para echar una siesta.

Más tarde despertó y se acordó de la carrera. Se levantó de un salto y echó a correr tan rápido como pudo. ¡Pero al llegar a la meta la tortuga ya estaba allí!

—El paso lento y perseverante gana la carrera —sentenció el zorro.

Las estrellas en el cielo

☞ ADAPTADO DE CAROLYN SHERWIN BAILEY, KATE
DOUGLAS WIGGIN Y NORA ARCHIBALD SMITH

*Este viejo cuento inglés nos recuerda que cuanto más alto queramos llegar, más
tiempo y más esfuerzo nos costará alcanzar nuestro objetivo.*

Érase una vez una niña cuyo único deseo era llegar
a tocar las estrellas del cielo. En las noches serenas sin luna
se asomaba a la ventana de su habitación para contemplar
los miles de pequeñas lucecitas esparcidas por el firmamento y se preguntaba qué se sentiría al tener una entre las
manos.

Una cálida noche de verano en que la Vía Láctea brilla-

ba con más esplendor que nunca, la niña decidió que ya no podía esperar más: tenía que tocar una o dos estrellas, no importaba cómo. Así que se escabulló por la ventana y partió sola para ver si podía alcanzarlas.

Caminó durante mucho, mucho tiempo, y se alejó aún más, hasta que llegó a un molino cuya rueda crujía y rechinaba.

—Buenas noches —le dijo a la rueda de molino—. Me

gustaría jugar con las estrellas del cielo. ¿Has visto alguna cerca de aquí?

—¡Ah, sí! —gruñó la vieja rueda—. Cada noche brillan tanto en la superficie de este estanque que no me dejan dormir. Sumérgete, niña, y las encontrarás.

La niña se zambulló en el estanque y nadó y nadó hasta que los brazos le dolieron tanto que tuvo que parar. Pero no encontró ninguna estrella.

—Perdóneme —le dijo a la vieja rueda de molino—. ¡Me temo que, en realidad, aquí no hay ninguna estrella!

—Bueno, ciertamente estaban aquí antes de que saltaras

dentro del agua y la agitaras —contestó la rueda de molino.

Así que la niña salió del agua, se secó tan bien como pudo, y continuó su camino a través de los campos.

Al cabo de un rato, se sentó a descansar en un prado.

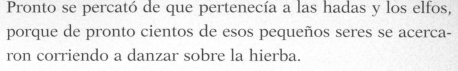

Pronto se percató de que pertenecía a las hadas y los elfos, porque de pronto cientos de esos pequeños seres se acercaron corriendo a danzar sobre la hierba.

—Buenas noches, Gente Menuda —saludó la niña—. Quisiera alcanzar las estrellas del cielo. ¿Habéis visto alguna por aquí?

—Ah, sí —gorjearon las hadas—. Relucen cada noche entre las briznas de hierba. Ven a bailar con nosotros, pequeña, y encontrarás tantas estrellas como quieras.

Así que la niña danzó y danzó, giró y giró formando un corro con las hadas, pero a pesar de que la hierba brillaba bajo sus pies, no vio ninguna estrella. Por fin ya no pudo danzar más, y se dejó caer dentro del círculo que formaban esos seres.

—Lo he intentado una y otra vez, pero parece que no podré alcanzar las estrellas desde aquí —sollozó—. Si no me ayudáis, nunca encontraré ninguna para jugar.

Las hadas cuchichearon entre sí. Finalmente una de ellas se acercó sigilosamente a la niña y, cogiéndola de la mano, le dijo:

—Si eso es lo que de verdad deseas, debes seguir adelante. Avanza sin dejar el camino recto. Pídele a Cuatro Patas que te conduzca hasta Sin Patas y pide a Sin Patas que te lleve hasta la Escalera sin Escalones. Y si subes por ella...

Así que la niña partió de nuevo con ánimo alegre hasta
que llegó junto a un caballo que estaba atado a un árbol.

—Buenas noches —le dijo—. Quiero alcanzar las estrellas del cielo y he andado tanto que me duelen los huesos.
¿Puedes llevarme?

—Yo no sé nada de las estrellas del cielo —replicó el caballo—, estoy aquí sólo para acatar las órdenes de las hadas.

—Son ellas las que me envían y me han dicho que pida
a Cuatro Patas que me lleve hasta Sin Patas.

—¿Cuatro Patas? ¡Ése soy yo! —relinchó el caballo—.
Monta sobre mí y cabalga conmigo.

Cabalgaron, cabalgaron y cabalgaron hasta que dejaron
el bosque y llegaron a la orilla del mar.

—Te he traído hasta el final de la tierra, y esto es todo lo
que puede hacer Cuatro Patas —dijo el caballo—. Ahora
debo volver a casa con los míos.

Así que la niña bajó del caballo y fue caminando por la
orilla del mar mientras se preguntaba qué iba a hacer aho-

ra. De repente, el pez más grande que jamás había visto se acercó nadando hasta sus pies.

—Buenas noches —dijo la niña al pez—. Quiero alcanzar las estrellas del cielo. ¿Puedes ayudarme?

—Creo que no —gorgoteó el pez—, a no ser que, naturalmente, me traigas un mensaje de las hadas.

—¡Así es! —exclamó la niña—. Me han dicho que Cuatro Patas me llevaría hasta Sin Patas, y que Sin Patas me llevaría hasta la Escalera sin Escalones.

—Ah, bien —dijo el pez—, entonces de acuerdo. Súbete a mi lomo y agárrate fuerte.

Se zambulleron, ¡splash!, dentro del agua y siguieron una

estela dorada que parecía dirigirse hasta el confín del mar, allí donde el agua se confunde con el cielo.

En la distancia, la niña divisó un hermoso Arco Iris que se alzaba desde el mar hasta el cielo y que brillaba con todos los colores.

Finalmente llegaron al pie del Arco Iris y la niña vio que era en realidad un camino ancho y luminoso que ascendía hacia el cielo, y allá lejos, muy lejos, al final de todo, la pequeña divisó unas diminutas lucecitas que parecían danzar.

—No puedo ir más lejos —dijo el pez—. Aquí está la Escalera sin Escalones. Sube por ella, si puedes, pero agárrate fuerte. Ya te imaginarás que esta escalera nunca fue concebida para los pies de las niñas pequeñas.

Así que la niña bajó del lomo de Sin Patas y éste se zambulló en el agua.

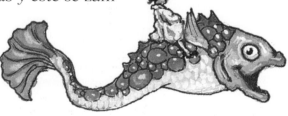

La niña trepó, trepó y trepó Arco Iris arriba. No era fácil. Cada vez que subía un escalón, le parecía bajar dos. Y a pesar de que subió hasta dejar el mar muy abajo a sus pies, las estrellas del cielo se veían más distantes que nunca.

—No voy a rendirme —se dijo—. He llegado tan lejos que no puedo retroceder.

Subió y subió. El aire era cada vez más frío, pero el cielo brillaba más y más, y por fin podría decirse que estaba cerca de las estrellas.

—¡Ya casi estoy llegando! —exclamó.

Y con paso firme alcanzó de pronto el extremo del Arco Iris. Dondequiera que mirase, las estrellas giraban y danzaban. Bailoteaban arriba y abajo, hacia adelante y hacia atrás, y daban vueltas a su alrededor en medio de miles de colores.

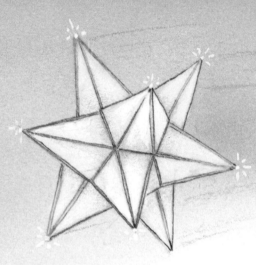

—Por fin he llegado —murmuró para sí—. Nunca había visto algo tan hermoso.

Pero, al cabo de un rato, se dio cuenta de que estaba temblando de frío y, cuando miró hacia abajo en la oscuridad, ya no pudo ver la tierra.

Se preguntó dónde estaría su casa, pero no se veían ni farolas ni luces en las ventanas que pudieran orientarla en la negra oscuridad.

La niña se asustó.

—No me marcharé antes de tocar una estrella —dijo, y se puso de puntillas y alargó los brazos tanto como pudo. Alcanzaba ya muy lejos cuando, de repente, el paso veloz de una estrella fugaz la cogió tan por sorpresa que le hizo perder el equilibrio.

Cayó Arco Iris abajo, y cuanto más descendía, más cálido se volvía el aire y más sueño sentía. Bostezó, suspiró y, sin darse cuenta, cayó dormida.

Cuando despertó, se encontró en su propia cama. El sol brillaba a través de la ventana y los pájaros de la mañana trinaban en los árboles y los matorrales.

—¿Toqué realmente las estrellas? —se preguntó—. ¿O ha sido sólo un sueño?

Entonces sintió algo en su manita. Cuando abrió el puño, una pálida lucecita relució en su palma y desapareció al instante.

La niña sonrió porque supo que se trataba de polvo de estrella.

RESPONSABILIDAD
TRABAJO
AUTODISCIPLINA

El pequeño Pedro

Para aprender a irse a la cama.

Cuando llega la hora
de irse a la cama,
Pedro se porta como es debido:
un beso a mamá,
un beso a papá
y poco después queda dormido.

A Pedro no le gusta
gritar y armar jaleo,
siempre a sus padres hace caso:
es hora de dormir,
es hora de soñar,
pero nunca se olvida de rezar.

Érase una vez una niña

Este poema nos enseña lo que nos puede pasar si somos desobedientes.

Érase una vez una niña
con un ricito en la frente;
cuando era buena, era excelente,
pero cuando se enojaba
no había quien la aguantara.

Un día trepó por la escalera
mientras sus padres la cena preparaban
—motivo por el que no la vigilaban—,
y en lo más alto se puso boca abajo
y comenzó a gritar con desparpajo.

Cuando la madre oyó aquel jaleo
corrió hacia el lugar como una ardilla
pensando: «Alguien entró en la buhardilla.»
Pero en cuanto se dio cuenta de quién era,
con mucho enfado la reprendió severa.

Por favor

ALICIA ASPINWALL

Muchas veces los niños aprenden buenos modales (con la ayuda de sus hermanos y hermanas).

Érase una vez una palabra diminuta llamada «Por-favor» que vivía en la pequeña boca de un niño. Los porfavores viven en la boca de todo el mundo, aunque a veces la gente se olvida de que están allí.

Para que los porfavores estén sanos y felices, deben salir a menudo de la boca para tomar aire. Son como los peces en una pecera, que suben a la superficie del agua para respirar.

El Porfavor del que os voy a hablar vivía en la boca de un niño llamado Dick. Pero eran contadas las veces que tenía la oportunidad de salir. Porque Dick, lamento decirlo, era un niño muy grosero y casi nunca se acordaba de decir «Por favor».

—¡Dame pan! ¡Pásame el agua! ¡Quiero ese libro! —así era como pedía las cosas.

Sus padres y hermanos estaban muy disgustados con él. Y cl pobre Porfavor se pasaba los días sentado en la boca del niño esperando la oportunidad de salir mientras se debilitaba más y más.

Dick tenía un hermano, John. John era mayor que Dick, contaba casi diez años, y era tan educado como grosero era su hermano. Así que su Porfavor disponía de mucho aire y era fuerte y feliz.

Un día durante el desayuno, el Porfavor de Dick sintió que debía salir a tomar aire fresco aunque tuviera que escapar. Así que huyó fuera de la boca de Dick e inspiró profundamente. Entonces echó a correr por la mesa y saltó dentro de la boca de John.

El Porfavor que vivía allí se enfadó muchísimo.

—¡Fuera! —gritó—. ¡Éste no es tu sitio! ¡Es *mi* boca!

—Ya lo sé —contestó el Porfavor de Dick—. Yo vivo allí, en la boca de su hermano. Pero me siento muy desdichado porque no me usa nunca. ¡No puedo respirar aire fresco! He pensado que quizá serías tan amable de dejarme quedar aquí un día o dos, hasta que me sienta más fuerte.

—Claro, por supuesto —contestó el otro Porfavor, comprensivo—. Me hago cargo. Quédate si quieres, y cuando mi dueño me utilice saldremos los dos juntos. Es muy cortés y no creo que le importe decir «por favor» dos veces. Quédate tanto tiempo como quieras.

Esa noche, a la hora de cenar, John quería mantequilla y dijo:

—Papá, ¿me pasas la mantequilla, por favor-por favor?

—Claro —contestó su padre—. Pero ¿no eres *demasiado* educado?

John no respondió. Se había vuelto hacia su madre y le dijo:

—Mamá, ¿me das un panecillo, por favor-por favor?

Su madre se rió.

—Te daré el panecillo, cariño. Pero ¿por qué dices «por favor» dos veces?

—No lo sé —respondió John—. Es como si las palabras salieran solas. Katie, por favor-por favor, ¿puedes acercarme el agua?

—Bueno, bueno —comentó su padre—. No hay ningún mal en que en este mundo se empleen muchos «porfavores».

Mientras tanto, el pequeño Dick había pedido:

—¡Dame un huevo! ¡Quiero leche! ¡Pásame la cuchara! —tan groseramente como era habitual.

Pero de pronto calló y escuchó a su hermano. Pensó que sería divertido hablar como lo hacía John, y lo intentó:

—Mamá, ¿me das un panecillo, mmm?

Intentaba decir «por favor», pero no podía. Nunca po-

dría imaginar que su pequeño «Porfavor» estaba sentado en la boca de John. Así que volvió a intentarlo y pidió la mantequilla:

—Mamá, ¿me acercas la mantequilla, mmm?

Eso fue todo lo que pudo decir.

Así pasó el día. Todo el mundo se preguntaba qué les pasaba a los dos niños. Al llegar la noche, estaban tan cansados y Dick se sentía tan contrariado que su madre les mandó a la cama muy temprano.

A la mañana siguiente, tan pronto como se sentaron a la mesa, el Porfavor de Dick volvió de nuevo a su casa. Había tomado tanto aire fresco el día anterior que se sentía fuerte y feliz. Y no tardó en volver a refrescarse porque Dick dijo:

—Papá, ¿me pelas la naranja, por favor?

¡Caramba! La palabra salió con una facilidad sorprendente. Sonó tan bien como cuando la usaba John. Esa mañana, John pronunciaba un solo «porfavor». Y desde aquel día, el pequeño Dick fue tan educado como su hermano.

Se busca un niño

FRANK CRANE

Este anuncio se publicó a principios de este siglo.

SE BUSCA. Un niño que se mantenga erguido, que se siente bien derecho, que actúe rectamente y que hable con corrección.

Un niño que no tenga las uñas sucias, que lleve las orejas limpias, los zapatos lustrados, la ropa cepillada, el pelo peinado y los dientes bien cuidados.

Un niño que escuche atentamente cuando le hablen, que haga preguntas cuando no comprenda y que no pregunte sobre asuntos que no sean de su incumbencia.

Un niño que se mueva con agilidad y que arme el mínimo alboroto.

Un niño que silbe en la calle, pero que no lo haga en los lugares donde debería estar callado.

Un niño alegre, dispuesto a sonreír a todo el mundo, y que nunca esté enfurruñado.

Un niño educado con todos los hombres y respetuoso con todas las mujeres y las niñas.

Un niño que no fume ni desee aprender a hacerlo.

Un niño que prefiera aprender a hablar bien su idioma en lugar de expresarse como un patán.

Un niño que no maltrate nunca a otros y que no permita que los demás niños le maltraten.

Un niño que cuando no sepa algo diga:

—No lo sé.

Y que cuando cometa un error diga:

—Lo siento.

Y que cuando se le pida hacer algo diga:

—Lo intentaré.

Un niño que cause buena impresión y que siempre diga la verdad.

Un niño deseoso de leer buenos libros.

Un niño que prefiera pasar su tiempo de ocio en un local social en lugar de jugarse el dinero en la trastienda.

Un niño que no pretenda pasarse de listo ni llamar la atención.

Un niño que preferiría perder su trabajo o que le expulsaran del colegio antes de decir una mentira o ser un canalla.

Un niño que guste a los otros niños.

Un niño que se sienta cómodo con las niñas.

Un niño que no se autocompadezca y que no pase todo el tiempo hablando de sí mismo y pensando en sí mismo.

Un niño cariñoso con su madre y que confíe en ella más que en nadie.

Un niño que haga sentir bien a quien esté junto a él.

Un niño que no sea afectado, presuntuoso ni hipócrita, sino sano, alegre y lleno de vida.

Se busca este niño en todas partes. La familia le busca, la escuela le busca, la oficina le busca, los niños le buscan, las niñas le buscan, toda la creación le busca.

En la pradera

OLIVE A. WADSWORTH

Si los padres son responsables cuando cuidan de sus hijos, los niños son responsables cuando escuchan a sus padres.

En medio de la pradera,
    bajo el sol y entre la arena,
vivía la mamá sapo
    junto a su cría pequeña.
«Veamos —dijo mamá—: ¡parpadea!»
    «Parpadeo», dijo la cría pequeña.
Y lo hicieron muy contentas
    bajo el sol y entre la arena.

En medio de la pradera,
    en el lago cristalino,
vivía la mamá carpa
    con su par de pececillos.
«¡A nadar!», dijo la carpa, severa.
    «Nademos», dijeron los pececillos.
Y lo hicieron muy contentos
    en el lago cristalino.

En medio de la pradera,
    dentro de un verde eucalipto,
vivía la mamá pájara
    junto a sus tres pichoncitos.
«¡A cantar!», dijo el ave volandera.
    «Cantemos», dijeron los pichoncitos.
Y lo hicieron muy contentos
    dentro del verde eucalipto.

En medio de la pradera,
    escondida entre los juncos,
vivía la mamá nutria
    y sus crías, todos juntos.
«¡A zambullirse!», dijo la nutria ligera.
    «Eso es», respondieron todos juntos.
Y lo hicieron muy contentos
    por debajo de los juncos.

La gallinita roja

ADAPTADO POR PENRYHN W. COUSSENS

Si queremos participar de la recompensa, también debemos colaborar en el trabajo.

Érase una vez una gallinita roja que encontró un grano de trigo.

—¿Quién plantará este trigo? —preguntó.

—Yo no —dijo el perro.

—Yo no —dijo el gato.

—Yo no —dijo el cerdo.

—Yo no —dijo el pavo.

—Entonces lo haré yo —dijo la gallinita roja—. ¡Coc, coc!

Y plantó el grano de trigo que no tardó en crecer. Asomaron de la tierra las hojas verdes. El sol brilló, cayó la lluvia y el trigo creció hasta ser alto, fuerte y maduro.

—¿Quién segará este trigo? —preguntó la gallinita roja.

—Yo no —dijo el perro.

—Yo no —dijo el gato.

—Yo no —dijo el cerdo.

—Yo no —dijo el pavo.

—Entonces lo haré yo —dijo la gallinita roja—. ¡Coc, coc!

Y segó el trigo.

—¿Quién trillará el trigo? —preguntó la gallinita roja.

—Yo no —dijo el perro.

—Yo no —dijo el gato.

—Yo no —dijo el cerdo.

—Yo no —dijo el pavo.

—Entonces lo haré yo —dijo la gallinita roja—. ¡Coc, coc!

Y trilló el trigo.

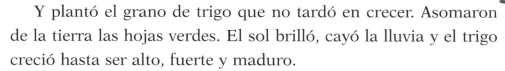

—¿Quién llevará el trigo al molino para hacer la harina? —preguntó la gallinita roja.

—Yo no —dijo el perro.

—Yo no —dijo el gato.

—Yo no —dijo el cerdo.

—Yo no —dijo el pavo.

—Entonces lo haré yo —dijo la gallinita roja—. ¡Coc, coc! Llevó el trigo al molino y más tarde regresó con la harina.

—¿Quién cocerá la harina? —preguntó la gallinita roja.

—Yo no —dijo el perro.

—Yo no —dijo el gato.

—Yo no —dijo el cerdo.

—Yo no —dijo el pavo.

—Entonces lo haré yo —dijo la gallinita roja—. ¡Coc, coc! Coció la harina y obtuvo una hogaza de pan.

—¿Quién se comerá este pan? —preguntó la gallinita roja.

—Yo —dijo el perro.

—Yo —dijo el gato.

—Yo —dijo el cerdo.

—Yo —dijo el pavo.

—No, me lo comeré *yo* —dijo la gallinita roja—. ¡Coc, coc!

Y se zampó la hogaza de pan.

El rey y el halcón

ADAPTACIÓN DE JAMES BALDWIN

En una ocasión Thomas Jefferson aconsejó cómo dominar el mal carácter: «Si estás enfadado, cuenta hasta diez antes de hacer nada, y si estás muy enfadado, cuenta hasta cien.» Genghis Khan había aprendido la misma lección ochocientos años antes. Su imperio se extendió desde Europa oriental hasta el mar del Japón.

Genghis Khan fue un gran rey y un gran guerrero. Condujo a su ejército hasta China y Persia y conquistó numerosas tierras. En todos los países la gente hablaba de sus grandes hazañas y decían que, desde Alejandro el Grande, no había habido otro rey como él.

Una mañana en la que se encontraba en su casa después de volver de la batalla, cabalgó hasta el bosque para cazar. Le acompañaban muchos de sus amigos. Cabalgaron alegremente con sus arcos y flechas. Les seguían los sirvientes con los perros.

Formaban una partida de caza tan alegre que el bosque
se llenó de sus gritos y sus risas. Y esperaban continuar con
sus bromas al llegar a su casa al anochecer.

Posado en su muñeca el rey transportaba a su halcón
favorito, ya que en esos tiempos los halcones eran entrena-
dos para cazar. Cuando su dueño se lo ordenaba, alzaban el
vuelo y oteaban a su alrededor en busca de una presa. Si
tenían la suerte de ver un ciervo o un conejo, se precipita-
ban sobre ellos, veloces como una flecha.

Genghis Khan y sus cazadores cabalgaron por el bosque todo el día, pero no encontraron tantas presas como habían esperado.

Al caer la tarde, se dirigieron a su casa. El rey había cabalgado a menudo por el bosque y conocía todos sus senderos. Así que, mientras los demás cazadores volvían a casa por el camino más corto, él se internó por una senda que atravesaba un valle entre dos montañas.

Había sido un día caluroso y el rey estaba sediento. Su halcón amaestrado había abandonado su muñeca y alzado el vuelo. El ave sabía con certeza que encontraría el camino de regreso.

El rey cabalgó pausadamente. Recordaba haber visto un riachuelo cerca de ese camino. ¡Si pudiera encontrarlo! Pero el calor del verano había secado todos los arroyos de las montañas.

Por fin, para su contento, vio un hilillo de agua que se deslizaba por la hendidura de una roca y dedujo que un poco más arriba habría un manantial. Siempre, en la estación húmeda, un potente chorro de agua brotaba de aquella fuente, pero ahora el fresco líquido sólo caía gota a gota.

El rey echó pie a tierra, cogió un pequeño vaso de plata que llevaba en su zurrón de cazador y lo acercó a la roca para recoger las gotas de agua.

Tardó mucho tiempo en llenar el vaso. Tenía tanta sed que apenas podía esperar. Cuando el vaso estuvo casi lleno, el rey se lo llevó a los labios y se dispuso a beber.

De repente, un zumbido cruzó el aire y el vaso cayó de sus manos. El agua se derramó por el suelo.

El rey levantó la vista para ver quién había provocado el accidente y descubrió que había sido su halcón.

El pájaro pasó volando unas cuantas veces y finalmente se quedó posado en las rocas cerca del manantial.

El rey recogió el vaso y volvió a llenarlo. Esta vez no esperó tanto. Cuando el vaso estaba a la mitad, se lo llevó a los labios. Pero antes de que pudiera beber, el halcón se lanzó hacia él e hizo caer de nuevo el recipiente.

El rey se puso furioso. Volvió a repetir la operación, pero, por tercera vez, el halcón le impidió beber. Ahora el rey estaba verdaderamente enfadado.

—¿Cómo te atreves a comportarte así? —gritó—. Si te tuviera en mis manos, te rompería el cuello.

Y volvió a llenar el vaso. Pero antes de beber desenfundó su espada.

—Ahora, señor halcón —dijo—, no volverás a jugármela.

Apenas había pronunciado estas palabras, cuando el halcón se dejó caer en picado y derramó el agua otra vez. Pero el rey le estaba esperando. Con un rápido mandoble, alcanzó al halcón.

El pobre animal cayó mortalmente herido a los pies de su amo.

—Esto es lo que has conseguido con tus bromas —dijo Genghis Khan.

Al buscar el vaso, vio que éste había rodado entre dos rocas donde no podría cogerlo.

—Tendré que beber directamente de la fuente —murmuró.

Entonces se encaramó al lugar de donde procedía el agua. No era fácil, y cuanto más subía, más sediento estaba.

Por fin alcanzó el lugar.

Encontró, en efecto, un charco de agua. Pero allí, justo en medio, yacía muerta una enorme serpiente de las más venenosas.

El rey se paró en seco y olvidó la sed. Sólo podía pensar en el pobre halcón muerto tendido en el suelo.

—El halcón me ha salvado la vida —exclamó—, ¿y cómo se lo he pagado? Era mi mejor amigo y le he dado muerte.

Descendió del talud, cogió al pájaro con suavidad y lo puso en su zurrón de cazador.

Entonces montó en su corcel y cabalgó velozmente hacia su casa. Y se dijo a sí mismo:

—Hoy he aprendido una triste lección: nunca hagas nada cuando estés furioso.

Hércules y el carretero

Esopo

Esta vieja fábula nos enseña que el único trabajo fructífero es el que hacemos nosotros mismos.

Un carretero conducía su carro muy cargado por un camino lleno de barro. De pronto las ruedas se hundieron de tal manera que ni el esfuerzo de los caballos conseguía desatascarlas. El hombre se quedó sin hacer nada, y de vez en cuando invocaba a Hércules para que le ayudase. Al fin fue el mismísimo dios quien se presentó ante él y dijo:

—Hombre, cuando arrimes el hombro a la rueda y espolees a tus caballos, entonces podrás llamar a Hércules para que te ayude. Si no eres capaz de mover un dedo para ayudarte a ti mismo, no esperes que ni Hércules ni nadie acuda a socorrerte.

El cielo ayuda a los que se ayudan a sí mismos.

San Jorge y el dragón

ADAPTACIÓN DE J. BERG ESENWEIN
Y MARIETTA STOCKARD

«Es posible que en algún lugar haya pena y miedo», exclama San Jorge antes de partir en busca de una misión que sólo un caballero pueda cumplir. A las personas que se desvían de su camino para ayudar a las demás a veces se les llama caballeros o santos, y a veces también ministros, maestros y padres.

Hace muchos, muchos años, cuando los caballeros cabalgaban por la tierra, había una caballero llamado sir Jorge. No sólo era el más valiente de todos, sino que además era tan noble, amable y bueno que la gente acabó por llamarle San Jorge.

Los ladrones nunca osaban molestar a las personas que vivían cerca de su castillo. Incluso los animales salvajes habían sido eliminados o ahuyentados para permitir que los niños pudieran jugar en los bosques sin ningún temor.

Un día San Jorge fue a cabalgar por el campo. En todas partes encontró hombres ocupados en su trabajo, mujeres que cantaban mientras realizaban sus tareas y niños que jugaban entre chillidos.

—Estas personas están a salvo y son felices. Ya no me necesitan —dijo San Jorge—. Pero es posible que en algún lugar haya pena y miedo. Debe existir un sitio donde los niños no puedan jugar tranquilos, donde las mujeres deban abandonar sus hogares; hasta es posible que algunos dragones anden sueltos por ahí y deban ser aniquilados. Mañana partiré y no descansaré hasta encontrar una misión que sólo un caballero pueda cumplir.

Por la mañana temprano, San Jorge se puso el casco y su brillante armadura, y se ciñó la espada al costado; montó en su gran caballo blanco y se alejó del castillo. Bajó pendientes y siguió caminos escarpados, siempre erguido en la silla. Se le veía lleno de coraje y de fuerza, un modelo para todo caballero digno de ese nombre.

Atravesó pueblos y campos. En todas partes encontró

fértiles sembrados con espigas ondeando al viento. La paz y
la abundancia reinaban por doquier.

Cabalgó y cabalgó hasta llegar a una parte del país que
jamás había visto antes. No tardó en percatarse de que allí
no había campesinos trabajando en los campos. Las casas
ante las que pasó estaban vacías y silenciosas. La hierba que
bordeaba el camino parecía chamuscada, talmente como si
el fuego la hubiera abrasado. Un campo de trigo aparecía
pisoteado y quemado.

San Jorge detuvo a su caballo y miró a su alrededor. Todo
era silencio y desolación.

—¿Qué cosa tan espantosa habrá echado a la gente de
sus casas? Tengo que averiguarlo y ayudarles si puedo.

Pero no había nadie a quien preguntárselo, así que San
Jorge siguó cabalgando hasta que finalmente, lejos en la distancia, divisó las murallas de una ciudad.

—Seguro que aquí encontraré a alguien que me explique
la causa de todo esto —se dijo, y puso su caballo al galope
hacia la población.

Justo entonces se abrieron las puertas de la ciudad y San Jorge vio que una multitud se cobijaba entre sus muros. Algunos lloraban y todos parecían asustados. Observó que una hermosa muchacha vestida de blanco con una faja escarlata alrededor de la cintura se apartaba de la muchedumbre y salía sola. Las puertas se cerraron tras ella con un golpe seco y la joven avanzó por el camino llorando amargamente. No reparó en San Jorge, que se acercaba cabalgando.

—Doncella, ¿por qué lloras? —le preguntó al alcanzarla.

Ella alzó la vista y vio a San Jorge sentado sobre su caballo, erguido, alto y hermoso.

—¡Oh, caballero! —gritó—. ¡Alejaos raudo de aquí! ¡No sabéis el peligro que corréis!

—¡Peligro! —exclamó San Jorge—. ¿Pensáis que un caballero huiría del peligro? Además, vos, una simple muchacha, estáis aquí sola. ¿Creéis que un caballero os dejaría así? Contadme lo que os pasa y quizá podré ayudaros.

—¡No, no! —gritó ella—. Alejaos. Sólo perderíais la vida.

Aquí cerca hay un terrible dragón que aparecerá en cualquier momento. Si os encontrara aquí, sólo con su aliento podría destruiros. ¡Alejaos! ¡De prisa!

—Cuéntame algo más —insistió San Jorge tozudo—. ¿Por qué has venido sola al encuentro del dragón? ¿Acaso no queda ningún hombre en la ciudad?

—Oh —contestó la muchacha—, mi padre, el rey, es viejo y débil. Sólo me tiene a mí para ayudarle a proteger a su gente. Ese terrible dragón los ha echado de sus casas, se ha llevado su ganado y ha arruinado sus sembrados. Todos se han refugiado dentro de las murallas de la ciudad. Durante semanas el dragón se ha acercado hasta las mismas puertas de la ciudad y hemos tenido que darle dos ovejas cada día para desayunar.

»Ayer ya no quedaban ovejas para darle, así que nos dijo que a menos que le diéramos una joven, hoy mismo destruiría las murallas y arrasaría la ciudad. La gente rogó a mi padre que los salvara, pero él no podía hacer nada. Voy a entregarme al dragón. Quizá si me tiene a mí, la princesa, dejará en paz a nuestro pueblo.

—Guíame, valiente princesa. Muéstrame dónde puedo encontrar a ese monstruo.

Cuando la princesa se percató del destello que desprendían los ojos de San Jorge y de la fortaleza de su brazo al sostener la espada, ya no sintió miedo. Giró sobre sus talones y se dirigió a un reluciente estanque.

—Aquí es donde vive —susurró—. Fíjate cómo se mueve el agua. Se está despertando.

San Jorge vio emerger la arrugada cabeza del dragón que, lentamente, salió del agua. Al ver a San Jorge, la bestia lanzó un rugido de furia y se abalanzó sobre él. Echaba humo y llamaradas por la nariz y abría sus enormes mandíbulas como si fuera a tragarse al caballo y al jinete de un solo bocado.

San Jorge lanzó un grito y, agitando la espada sobre su cabeza, galopó hacia el dragón. Una vez junto al monstruo, luchó con él asestándole rápidos y fuertes sablazos. Fue una batalla terrible.

Por fin consiguió herir al dragón. Éste rugió de dolor y se precipitó sobre San Jorge con las fauces abiertas muy cerca de su cabeza.

San Jorge apuntó con cuidado y entonces hundió la espada en la garganta del dragón con todas sus fuerzas. Éste cayó a los pies del caballo, muerto.

San Jorge gritó de alegría por su victoria. Llamó a la princesa y ella acudió a su lado.

—Dame la faja que rodea tu cintura —le pidió San Jorge.

La princesa se la dio y el caballero la ató alrededor del cuello del dragón.

Con esa pequeña cinta de seda arrastraron a la bestia hasta la ciudad para que todos comprobaran que el dragón ya nunca más podría hacerles daño.

Cuando los habitantes del reino vieron a San Jorge con la princesa sana y salva y supieron que el dragón estaba vencido, abrieron las puertas de la ciudad y lanzaron gritos de júbilo.

El rey les oyó y salió de su palacio para averiguar por qué gritaban.

Al ver a su hija a salvo, fue el más feliz de todos.

—Oh, valiente caballero —dijo—, soy viejo y débil. Quedaos aquí y ayudadme a proteger a mi gente.

—Me quedaré tanto tiempo como tengáis necesidad de mí —respondió San Jorge.

Se quedó en el palacio y ayudó al anciano rey a cuidar de su pueblo. Y cuando el soberano murió, San Jorge fue nombrado rey en su lugar.

La gente se sintió feliz y segura al tener a ese monarca tan valiente y tan bueno.

COMPASIÓN

FE

La oración de un niño

Las oraciones, como todas las cosas buenas, se aprenden mejor cuando se es un niño.

Señor, enséñame a orar,
    y acepta mi plegaria:
¡Tú siempre me has de escuchar,
    pues estás en todos lados!

Ni a un pájaro de estos prados
    dejas caer de su nido:
¡Ten también de mí cuidado,
    Señor, que soy tan pequeño!

Valora todo mi empeño,
    y si te ofendo, perdona.
¡Haz que se cumpla mi sueño,
    de servirte mientras viva!

Bondad con los animales

Piensa en todas las criaturas, grandes y pequeñas.

Pequeño, deja vivir
a lo que siente y palpita;
comparte cada miguita
con el pájaro que pía;
te cantará, no lo dudes,
cada día de su vida.
A la liebre que en su guarida
ves que atisba temerosa,
no le ofrezcas otra cosa
que tu cálida sonrisa
para que corra gozosa
a la noche con la brisa.
Deja a la alondra ascender
hacia el cielo tan hermoso.
¡Deja que sea dichoso
lo que ha venido a vivir!

El sermón a los pájaros

ADAPTADO POR JAMES BALDWIN

San Francisco nació en Italia hace ochocientos años. Todavía hoy es admirado por su sencilla vida de pobreza, su amor por la paz y su respeto por todos los seres vivientes.

San Francisco era muy amable y cariñoso, no sólo con los hombres, sino con todas las criaturas vivientes. Se refería a los pájaros como a sus hermanitos alados, y nunca pudo soportar verles heridos.

Por Navidad, esparcía migas de pan bajo los árboles para que pudieran tener su festín y ser felices.

Un día que un niño le entregó un par de palomas que había cazado, San Francisco les hizo un nido y la mamá paloma puso sus huevos en él.

Poco a poco, los huevos se rompieron y apareció una nidada de polluelos. Los palominos eran tan mansos que se sentaban en los hombros de San Francisco y comían de su mano.

Y se cuentan muchas otras historias sobre el gran amor que ese hombre profesaba a las tímidas criaturas que viven en el campo y en los bosques.

Un día mientras caminaba entre los árboles, los pájaros le vieron y volaron hacia él para alegrarle. Cantaron sus canciones más dulces para demostrarle cuánto le amaban. Cuando vieron que iba a hablarles, se posaron sobre la hierba y se dispusieron a escuchar.

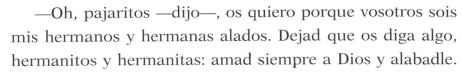

—Oh, pajaritos —dijo—, os quiero porque vosotros sois mis hermanos y hermanas alados. Dejad que os diga algo, hermanitos y hermanitas: amad siempre a Dios y alabadle.

»Pensad en lo que os ha dado: os ha dado alas para volar; os ha dado un vestido caliente y hermoso; os ha dado el aire para que podáis desplazaros y formar vuestro hogar.

»Y pensad en esto, hermanitos: no tenéis que sembrar ni recoger la cosecha, porque Dios os da alimento. Os da los ríos y los arroyos para saciar la sed. Os da las montañas y los valles para descansar. Os da los árboles donde construir vuestros nidos.

»No trabajáis, ni tejéis, sin embargo, Dios cuida de vosotros y de vuestros pequeños. Eso demuestra que os quiere. Así que no seáis ingratos y entonad vuestros trinos para cantar sus alabanzas y loar su bondad.

Entonces el santo dejó de hablar y miró a su alrededor. Todos los pájaros alzaron jubilosos el vuelo. Abrieron las alas y los picos para demostrar que habían entendido sus palabras.

Y cuando San Francisco los hubo bendecido, todos empezaron a cantar.

Y el bosque entero se llenó de dulzor y alegría gracias a sus hermosas melodías.

Alguien te mira

La fe nos dice que ningún acto pasa desapercibido y eso debería ayudarnos a comportarnos mejor.

Érase una vez un hombre que decidió colarse en los campos de su vecino para robarle un poco de trigo.

—Si sólo cojo un poco de cada sembrado, nadie se dará cuenta —se dijo—. Pero, cuando reúna todas las espigas, tendré un hermoso montón de trigo para mí.

Así que esperó a que llegara una noche muy oscura, en la que nubes espesas tapaban la luna, y salió sigilosamente de su casa. Se llevó a su hija pequeña con él.

—Hija —susurró—, vigila bien y hazme una señal si alguien se acerca.

El hombre entró en el primer campo y empezó a cortar espigas y, al poco, su hija gritó:

—¡Padre, alguien os vigila!

El hombre miró a su alrededor, pero no vio a nadie. Así que juntó el trigo robado y se fue al otro campo.

—¡Padre, alguien os vigila! —gritó otra vez la niña.

El hombre se detuvo y miró en todas direcciones, pero tampoco vio a nadie. Recogió su haz y se deslizó al último sembrado.

—¡Padre, alguien os vigila! —advirtió la niña de nuevo.

El hombre se detuvo, miró a su alrededor y tampoco vio a nadie.

—¿Se puede saber por qué no paras de decirme que alguien me vigila? —preguntó enfadado a su hija—. He mirado por todas partes y no he visto a nadie.

—Padre —murmuró la niña—. Alguien os vigila desde el cielo.

El discípulo honesto

Como nos recuerda este viejo cuento judío, la fe es un primer paso hacia otras virtudes, como la honestidad.

Una vez un rabino decidió poner a prueba la honestidad de sus discípulos y les llamó para preguntarles:

—¿Qué haríais si, en el camino, os encontrarais con una bolsa llena de dinero?

—La devolvería a su dueño —dijo un discípulo.

«Ha respondido tan de prisa que me pregunto si lo dice de verdad», pensó el rabino.

—Si nadie me viera, me quedaría con el dinero —dijo otro.

«Su lengua es sincera, pero tiene un corazón malvado», se dijo el rabino.

—Bueno, rabino —exclamó el tercer discípulo—, a decir verdad, debo reconocer que me sentiría tentado de cogerlo. Así que rogaría a Dios que me diera la fuerza suficiente para resistir la tentación y obrar correctamente.

«¡Ajá! —pensó el rabino—. He aquí el hombre en quien confiaría.»

Un poco de sol

ADAPTADO POR ETTA AUSTIN BLAISDELL
Y MARY FRANCES BLAISDELL

Tanto valor tiene ofrecer compasión como cualquier otro regalo. A veces, lo que cuenta es la intención.

Érase una vez una niña llamada Elsa. Su abuela era muy viejecita, tenía el pelo blanco y la cara llena de arrugas.

El papá de Elsa tenía una casa enorme en lo alto de una colina.

Cada día el sol se asomaba a las ventanas orientadas al sur. Entonces todo aparecía brillante y hermoso.

La abuela vivía en la cara norte de la casa y el sol no tocaba nunca sus ventanas.

Un día Elsa le dijo a su padre:

—¿Por qué el sol no entra nunca en la habitación de la abuela? Creo que a ella le gustaría.

—El sol no puede asomarse a las ventanas del norte —repuso su padre.

—Entonces démos la vuelta a la casa, papá.

—Es demasiado grande para eso —contestó su padre.

—¿Nunca entrará el sol en la habitación de la abuela? —preguntó Elsa.

—Claro que no, hija, a menos que tú le lleves un poco.

Y Elsa se puso a pensar y pensar cómo podría llevar un poco de sol a la habitación de su abuela.

Mientras jugaba en el campo, se fijó en cómo la hierba y las flores se inclinaban. Los pájaros cantaban dulcemente y volaban de un árbol a otro.

Todo parecía decir:

—Amamos el sol. Amamos el cálido y brillante sol.

«La abuela también lo amaría —pensó la niña—. Tengo que llevarle un poco.»

Un día, mientras se encontraba en el jardín, sintió el calor de los rayos del sol en su pelo dorado. Y cuando se sentó, los vio reflejados en su regazo.

«Los recogeré con mi vestido —pensó—, y se los llevaré a la abuela.»

Se levantó de un salto y corrió hacia la casa.

—¡Mira, abuelita, mira, te traigo un poco de sol! —gritó. Desplegó su vestido con presteza, pero allí no había rayo alguno que brillara.

—El sol se asoma en tus ojos, mi niña —dijo la abuela—, y brilla en tu pelo dorado. No lo necesito cuando tú estás conmigo.

Elsa no entendió cómo era posible que el sol se asomara en sus ojos, pero su alegría fue inmensa de hacer feliz a su querida abuela.

Cada mañana jugaba en el jardín. Luego, corría a la habitación de la anciana para llevarle el sol que brillaba en su pelo y que se asomaba en sus ojos.

El león y el ratón

Esopo

La bondad del más pequeño puede ayudar al más grande.

Un día un gran león dormitaba bajo el sol cuando un ratoncito pasó corriendo sobre su pata y le despertó. El león estaba a punto de comérselo cuando el ratón gritó:

—Por favor, señor, dejadme marchar. Quizá algún día podré seros útil.

Al león le hizo reír la idea de que un ratón tan pequeño pudiera servirle de ayuda alguna vez. Pero era un animal noble y lo dejó partir.

Poco tiempo después, el león cayó preso en una red. El animal se debatió con furia, pero las cuerdas eran demasiado fuertes. Entonces rugió con toda su potencia. El ratoncito le oyó y corrió hacia donde se encontraba.

—No te muevas, león, y yo te liberaré. Voy a roer las cuerdas.

El ratón cortó las cuerdas con sus afilados dientecillos y el león pudo zafarse de la red.

—Una vez te reíste de mí —dijo el ratón—. Pensaste que yo era demasiado pequeño para serte de alguna ayuda. Pero ya lo ves, debes la vida a un insignificante ratoncito.

La leyenda de la Osa Mayor

ADAPTACIÓN DE J. BERG ESENWEIN
Y MARIETTA STOCKARD

Una buena acción suele ser una buena recompensa por sí misma.

Hacía mucho tiempo que la lluvia no regaba la tierra. El calor era tan fuerte y estaba todo tan seco que las flores se marchitaban, la hierba se veía seca y amarillenta y hasta los árboles más grandes y fuertes se estaban muriendo. El agua de los arroyos y los ríos se había secado, los pozos estaban yermos y las fuentes cesaron de manar. Las vacas, los perros, los caballos, los pájaros y la gente se morían de sed. Todo el mundo estaba preocupado y deprimido.

Había una niñita cuya madre cayó gravemente enferma.

—¡Oh! —dijo la niña—, estoy segura de que mi madre se pondría buena de nuevo si pudiera llevarle un poco de agua. Tengo que encontrarla.

Así que cogió un pequeño cucharón y salió en busca de agua. Andando, andando, encontró un manantial diminuto en la lejana ladera de la montaña. Estaba casi seco. Las gotas de agua caían muy lentamente de debajo de la roca. La niña sostuvo el cucharón con cuidado para recoger aquellas gotitas. Al cabo de mucho, mucho tiempo, acabó por llenarse. Entonces la niña emprendió el regreso asiendo el cazo con muchísimo cuidado porque no quería derramar ni una gota.

Por el camino se cruzó con un pobre perrito que a duras penas podía arrastrarse. El animal jadeaba y sacaba la lengua fuera de tan seca como la tenía.

—Oh, pobre perrito —dijo la niña—, qué sediento estás. No puedo irme sin ofrecerte unas gotas de agua. Aunque te dé un poco, todavía quedará bastante para mi madre.

Así que la niña derramó un poco de agua en la palma de su mano y se la ofreció al perrito. Éste la lamió con avidez y se sintió mucho mejor. El animal se puso a brincar y a ladrar, talmente como si dijera:

—¡Gracias, niña!

Ella no se dio cuenta, pero el cucharón de latón ahora era de plata y estaba tan lleno como antes.

Se acordó de su madre y siguió su camino tan rápido como pudo. Cuando llegó a su casa casi había oscurecido.

La niña abrió la puerta y se dirigió rápidamente a la habitación de su madre. Al entrar, la vieja sirvienta que había trabajado durante todo el día cuidando de la enferma se acercó a ella. La criada estaba tan cansada y sedienta que apenas pudo hablar a la niña.

—Dale un poco de agua —dijo su madre—. Ha trabajado duro todo el día y la necesita más que yo.

La niña acercó el cazo a los labios de la sirvienta y ésta bebió un poco; en seguida se sintió mejor y más fuerte, se acercó a la enferma y la ayudó a enderezarse. La niña no se percató de que el cucharón era ahora de oro y que estaba tan lleno como al principio.

La pequeña acercó el cazo a los labios de su madre y ésta bebió y bebió. ¡Se encontró tan bien! Cuando terminó, aún quedaba un poco de agua en el fondo. La niña iba a llevárselo a los labios cuando alguien llamó a la puerta. La sirvienta fue a abrir y apareció un forastero. Estaba pálido y cubierto de polvo por el largo viaje.

—Estoy sediento —dijo—. ¿Podrías darme un poco de agua?

La niña contestó:

—Claro que sí, estoy segura de que usted la necesita mucho más que yo. Bébasela toda.

El forastero sonrió y tomó el cucharón. Al hacerlo, éste se convirtió en un cucharón hecho de diamantes. El forastero dio la vuelta al cazo y el agua se derramó por el suelo. Y allí donde cayó, brotó una fuente. El agua fresca fluía a borbotones en cantidad suficiente como para que la gente y los animales de toda la comarca bebieran tanta como les apeteciera.

Distraídos con el agua se olvidaron del forastero, pero,

cuando lo buscaron, éste había desaparecido. Creyeron verlo desvanecerse en el cielo, y, en efecto, allá en lo alto del firmamento destellaba algo parecido a un cucharón de diamantes. Allí sigue brillando todavía para recordar a la gente a esa niña amable y generosa. Es la constelación que conocemos por la Osa Mayor.

SINCERIDAD
LEALTAD
AMISTAD

El prado

⤳ ROBERT FROST

*Este poema cuenta que un amigo es alguien
con quien queremos estar.*

Iré a limpiar de hojas el abrevadero
y quizá me detenga a mirar el agua clara;
mas poco tiempo estaré fuera, amigo verdadero,
porque te llevaré en el alma.

Iré después a recoger aquel ternero
que trastabilla cuando lo lame la vaca;
mas poco tiempo estaré fuera, amigo verdadero,
porque te llevaré en el alma.

George Washington
y el cerezo

⤸ A D A P T A D O   D E   J .   B E R G   E S E N W E I N
Y   M A R I E T T A   S T O C K A R D

*Este cuento estadounidense habla de la importancia de decir
la verdad. Todos deberíamos ser como George.*

Cuando George Washington era un niño, vivía en una
granja de Virginia. Su padre le enseñó a cabalgar y solía lle-
varlo de paseo por la granja para que aprendiera a cuidar de
los campos, de los caballos y del ganado cuando fuera mayor.

El señor Washington había plantado un huerto de árboles
frutales. Allí había limoneros, melocotoneros, perales, cirue-
los y cerezos. Un día recibió un cerezo particularmente hermoso que le habían mandado desde el otro lado del océano.
Lo plantó en un extremo del huerto y advirtió a todo el mundo en la granja que tuviesen mucho cuidado para que nadie
lo rompiera o dañara.

El cerezo creció bien y una primavera se cubrió de flores
blancas. El señor Washington estaba encantado al pensar que
el arbolito pronto le daría cerezas.

Fue justo entonces cuando a George le regalaron un hacha nueva y reluciente. La cogió y salió a cortar ramitas, a golpear los postes de las cercas y a talar todo lo que le salía al paso. Finalmente llegó al extremo del huerto, y pensando solamente en lo bien que cortaba su hacha, asestó un golpe al pequeño cerezo.

La corteza era blanda y se cortaba con tal facilidad que George acabó abatiendo el árbol y luego se marchó a seguir jugando.

Esa noche, cuando el señor Washington regresó de su inspección por la granja, mandó su caballo al establo y se acercó al huerto para contemplar su cerezo. Al verlo cortado, se quedó estupefacto. ¿Quién había osado hacer una cosa como ésa? Preguntó a todo el mundo, pero nadie supo decirle nada. Entonces llegó George.

—George —le llamó furioso su padre—. ¿Sabes quién ha matado mi cerezo?

Ésa era una pregunta difícil de contestar. George vaciló un momento, pero pronto recobró el valor.

—No debo mentir, padre —contestó—. Lo hice yo con mi hacha.

El señor Washington miró a George. El chico estaba pálido, pero le devolvía la mirada sin pestañear.

—Vete a casa, hijo —dijo el señor Washington severamente.

George fue a la biblioteca y esperó allí a su padre. Se sentía muy infeliz y avergonzado. Sabía que había actuado a la ligera y sin pensar, y que su padre tenía motivos para sentirse disgustado.

Poco después, el señor Washington entró en la habitación.
—Ven aquí, muchacho —dijo.

George se acercó a su padre. El señor Washington le miró fijamente durante un buen rato.

—Dime, hijo, ¿por qué has cortado el árbol?

—Estaba tan enfrascado jugando que lo hice sin pensar —balbuceó George.

—Y ahora el árbol está muerto. Nunca nos dará cerezas. Y lo que es peor, no has tenido cuidado como yo ordené.

George estaba cabizbajo y las mejillas le ardían de vergüenza.

—Lo siento, padre —dijo.

El señor Washington puso la mano en el hombro del chico.

—Mírame —exclamó—. Siento haber perdido mi cerezo, pero me alegro de que hayas tenido el suficiente valor para decirme la verdad. Prefiero que seas valiente y digas la verdad antes que tener un huerto lleno de los mejores cerezos. Nunca olvides esto, hijo.

George Washington nunca lo olvidó. Al final de su vida continuaba siendo tan valiente y honesto como lo había sido cuando era un niño.

Señor, haz de mi vida una luz

☙ M. BENTHAM - EDWARDSTHAT

Los amigos se dan a sí mismos.

Señor, que mi vida sea
    una llama,
una pequeña luz que brille
    allí donde vaya.

Señor, que mi vida sea
    una flor
humilde y pequeña,
    abrazada a tu rama.

Señor, que mi vida sea
    un cayado,
un bastón que sostenga
    al que ha flaqueado.

La Cenicienta india

☞ ADAPTADO POR CYRUS MACMILLAN

Esta historia procedente de Canadá cuenta cómo la sinceridad es recompensada y la mentira castigada. En el primer párrafo se cita a Glooskap, que era un dios de los indios de los bosques del este.

Aorillas de una gran bahía de la costa atlántica moraba un guerrero indio muy respetado. Se contaba que había sido uno de los mejores ayudantes y amigos de Glooskap y que por él había realizado maravillosas hazañas. Pero esto nadie lo sabe a ciencia cierta. Lo que sí es cierto es que tenía un extraño y asombroso poder: el de hacerse invisible. Eso le permitía mezclarse entre sus enemigos y descubrir sus planes. La gente le conocía por el nombre de Viento Poderoso, el Invisible. Vivía en una tienda cerca del mar con su hermana, y ésta le ayudaba mucho en su trabajo. Muchas doncellas se habrían alegrado de poder casarse con él, y sus grandes hazañas le hacían aún más codiciado. Todo el mundo sabía que Viento Poderoso se casaría con la primera doncella que fuera capaz de verle cuando regresara a casa por la noche. Muchas lo intentaron, pero ninguna lo había conseguido. Viento Poderoso empleaba un truco ingenioso para poner a prueba la honestidad de todas ellas.

Cada tarde al acabarse el día, su hermana salía a dar

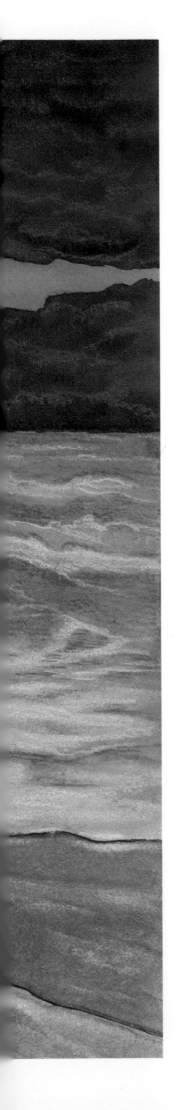

un paseo por la playa con alguna muchacha dispuesta a pasar la prueba. Su hermana podía ver a Viento Poderoso, pero nadie más podía hacerlo. Así que cuando al llegar el crepúsculo el joven regresaba de su trabajo, su hermana al verle acercarse preguntaba a la muchacha que anhelaba casarse con él:

—¿Lo ves?

—Sí.

—¿Con qué arrastra su trineo?

—Con una piel de alce (o con una vara, o con una cuerda grande).

Entonces la hermana constataba que la muchacha mentía porque estas respuestas no eran más que meras conjeturas. Muchas lo intentaron, mintieron y fracasaron, porque Viento Poderoso no se casaría nunca con una mentirosa.

En el poblado vivía un gran jefe con sus tres hijas. La madre había muerto hacía largo tiempo. Una de las chicas era mucho más joven que las otras dos. Era muy hermosa y gentil y todos la amaban. Pero sus hermanas se sentían muy celosas de sus encantos y la trataban con rudeza y crueldad. La obligaban a vestir con harapos que la afeaban, le cortaron su hermosa y larga cabellera negra y le quemaron el rostro con brasas de la hoguera para llenarlo de cicatrices y desfigurarlo. Engañaron a su padre diciéndole que se lo había hecho ella

misma. Pero la muchacha era paciente, conservaba la dulzura en su corazón y realizaba contenta sus tareas.

Igual que las otras muchachas del poblado, las dos hermanas mayores intentaron ganarse a Viento Poderoso. Una tarde, al acabarse el día, fueron a pasear por la playa con la hermana y aguardaron el regreso del guerrero. No tardó éste en llegar de su trabajo arrastrando el trineo. Como de costumbre, su hermana preguntó:

—¿Lo veis?

—Sí.

—¿De qué está hecha la correa que lleva en el hombro?

—De piel sin curtir.

Más tarde entraron en la tienda con la esperanza de ver a Viento Poderoso cenando. Todo lo que las chicas vieron del joven fue la túnica y los mocasines que éste

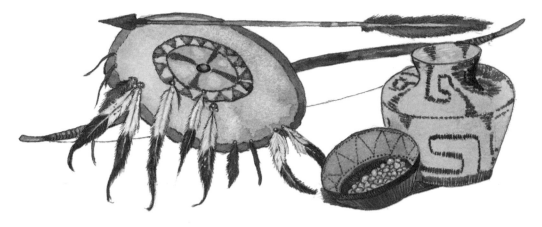

se había quitado, pero a él no lo vieron. Viento Poderoso supo que habían mentido y se mantuvo oculto a su mirada. Y las muchachas regresaron a su casa afligidas.

Un día la hija menor del jefe, con sus harapos y su cara quemada, decidió ir a buscar a Viento Poderoso. Remendó su vestido con briznas de corteza de abedul, se puso los escasos adornos que tenía y se dirigió a tratar de ver al Invisible. Sus hermanas se rieron de ella y la llamaron «loca». Todo el mundo se rió de ella por su aspecto harapiento y su cara quemada, pero la chica siguió su camino en silencio.

La hermana de Viento Poderoso la recibió amablemente y, al llegar el crepúsculo, se la llevó a la playa.

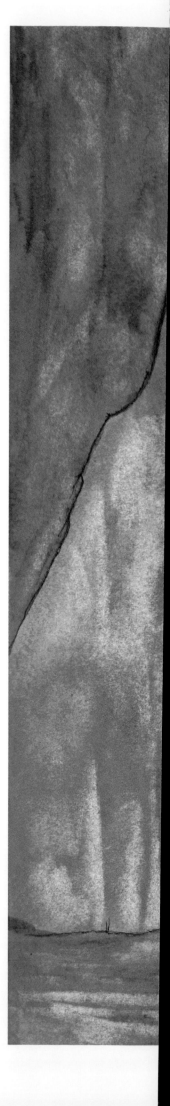

Viento Poderoso no tardó en llegar arrastrando su trineo. Su hermana preguntó:

—¿Lo ves?

—No.

La hermana se alegró mucho y preguntó de nuevo:

—¿Lo ves ahora?

—Sí, y es muy hermoso.

—¿Con qué arrastra el trineo?

—Con el Arco Iris.

La mujer se quedó atónita, pero preguntó de nuevo:

—¿De qué está hecha la cuerda de su arco?

—La cuerda de su arco es la Vía Láctea.

La hermana de Viento Poderoso se dio cuenta de que éste se había hecho visible para la chica porque, desde el principio, ésta había dicho la verdad. Entonces dijo:

—Ciertamente, lo has visto.

Se llevó la chica a la tienda, la lavó, y todas las cicatrices de su cara y su cuerpo desaparecieron. El pelo volvió a crecerle fuerte y negro como el ala de un cuervo. La mujer le ofreció hermosos vestidos y ornamentos para que se arreglara. Entonces la invitó a sentarse en el lugar destinado a la esposa. Viento Poderoso no tardó en entrar. Se sentó a su lado y la llamó su prometida.

Al día siguiente la joven se convirtió en su mujer y, a partir de entonces, le ayudó a realizar grandes hazañas. Las hermanas mayores de la muchacha estaban muy enfadadas y se preguntaban cómo se las había arreglado. Pero Viento Poderoso, enterado de su crueldad, decidió castigarlas. Usando su gran poder las transformó en álamos y las plantó en el suelo. Y desde aquel día, las hojas de los álamos tiemblan constantemente y se estremecen cuando se acerca Viento Poderoso. No importa lo suavemente que se acerque, porque aún son conscientes de su gran poder y de lo furioso que está a causa de las mentiras que dijeron y de la crueldad que demostraron hacia su hermana largo tiempo atrás.

El niño y los juguetes

E U G E N E   F I E L D

Algunos de nuestros primeros y más fieles amigos son los juguetes que teníamos cuando éramos niños. Todos deberíamos aprender a ser tan fieles como los juguetes de este cuento.

Cubierto está de polvo el perro de madera,
    mas allí donde lo dejaron permanece a la espera;
la herrumbre afea al soldadito y lo envejece
    y el moho de los años recubre su mosquete.
Hubo un tiempo en que fueron nuevos los juguetes,
    cuando el niño, a la hora de dormir,
con un beso se quiso despedir.

«Quedaos vigilantes —dijo— aquí hasta que regrese
    y no hagáis ningún ruido que a la gente despierte.»
Y apenas dijo esto volvióse hacia su cuna
    y soñó con sus juguetes a la luz de la luna,
hasta que un ángel, con su melodía,
    despertó al niño al clarear el día...
Han pasado muchos años, ¡casi una eternidad!,
    pero la prueba del cariño es la fidelidad.

Fieles a su amigo aguardan los muñecos,
    sin moverse ni un ápice, respetando el silencio,
esperando caricias de las tiernas manitas
    y la dicha infinita de la infantil sonrisa.
A veces se preguntan, mientras pasan los días,
    qué ha sido de aquel niño a quien tanto querían.

¡Que viene el lobo!

ⓔ ESOPO

Qué fácil resulta perder la buena reputación cuando se es mentiroso.

Érase una vez un joven pastor que cuidaba de su rebaño de ovejas cerca del pueblo. Un día pensó que gastaría una broma a sus vecinos para divertirse a su costa. Así que se dirigió al pueblo corriendo mientras gritaba:

—¡Que viene el lobo! ¡Ayudadme! ¡El lobo viene a comerse mis ovejas!

Los habitantes del pueblo dejaron su trabajo y corrieron hacia el prado para ayudarle. Pero cuando llegaron allí, el muchacho se burló de ellos y de su esforzada carrera, porque no había ningún lobo.

En otra ocasión, el chico repitió la misma broma. Los campesinos acudieron corriendo para ayudarle y de nuevo fueron objeto de burla.

Pero un día, el lobo se presentó de verdad en el prado y atacó a las ovejas. Muy asustado, el chico corrió y gritó:

—¡El lobo! ¡El lobo! ¡Socorro!

Los campesinos le oyeron, pero pensaron que se trataba de otra broma. Nadie le prestó la menor atención ni acudió en su ayuda. El pastor perdió todo su rebaño.

Esto es lo que les ocurre a las personas que mienten: aunque digan la verdad, nadie les cree.

El honrado leñador

ADAPTADO DE EMILIE POULSSON

Este viejo cuento conocido en todo el mundo enseña cómo se recompensa la honradez.

Érase una vez un pobre leñador. Vivía en los bosques verdes y silenciosos cerca de un torrente que espumajeaba y salpicaba a su paso, y trabajaba duramente para alimentar a su familia. Cada día hacía una larga caminata por el bosque con su dura y afilada hacha colgada al hombro. Solía silbar mientras andaba al pensar que, mientras tuviera salud y su hacha, podría ganar lo suficiente para comprar el pan de su familia.

Un día estaba talando un gran roble cerca de la orilla del río. Las astillas saltaban con cada hachazo y el eco de sus golpes resonaba por el bosque con tanta claridad que cualquiera habría pensado que había docenas de leñadores trabajando.

Al cabo de un rato, el leñador pensó que descansaría un poco. Dejó el hacha apoyada en un árbol y se dio la vuelta para sentarse. Pero tropezó con una vieja raíz retorcida y, antes de que pudiera evitarlo, el hacha resbaló y cayó al río.

El pobre leñador se asomó sobre el torrente para intentar ver el fondo, pero en aquel tramo el río era demasiado profundo. El agua continuaba fluyendo tan alegremente como antes sobre el tesoro perdido.

—¿Qué voy a hacer? —gritó el leñador—. ¡He perdido mi hacha! ¿Cómo voy a alimentar a mis hijos ahora?

Tan pronto como dejó de hablar, una hermosa dama surgió de entre las aguas. Era el hada del río y salió a la superficie al oír esa triste voz.

—¿Qué te preocupa? —preguntó dulcemente.

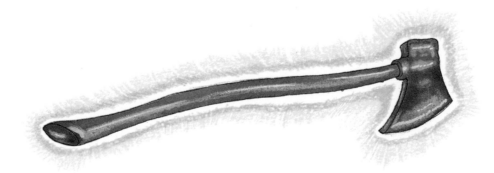

El leñador le contó su problema y la dama se sumergió de nuevo. Volvió a aparecer con un hacha de plata.

—¿Es ésta el hacha que has perdido? —preguntó.

El leñador pensó en todas las cosas bonitas que podría comprar a sus hijos con ese hacha. Pero no era la suya, así que meneó la cabeza y dijo:

—La mía era un hacha de simple acero.

El hada del río dejó el hacha de plata en la orilla y se sumergió de nuevo. Pronto volvió a aparecer y mostró al hombre otro hacha.

—¿Acaso es ésta la tuya? —preguntó.

El hombre la miró.

—¡Oh, no! —contestó—. ¡Ésa es de oro! ¡Es muchísimo más valiosa que la mía!

El hada del río dejó el hacha de oro en la orilla y se zambulló otra vez. Al aparecer de nuevo, llevaba el hacha perdida.

—¡Ésta es la mía! —gritó el leñador—. ¡Ésta es de verdad mi hacha!

—Es la tuya —dijo el hada—. Y también lo son las otras dos. Son un regalo del río por haber dicho la verdad.

Y esa noche el leñador volvió a su casa con las tres hachas sobre el hombro. Silbaba alegremente al pensar en todas las cosas buenas que llevaría a su familia.

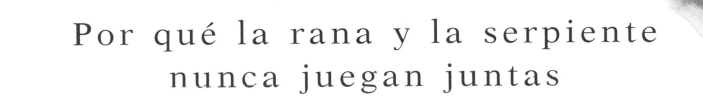

Por qué la rana y la serpiente nunca juegan juntas

Este cuento africano nos hace reflexionar sobre la gran cantidad de amistades que se han perdido por el prejuicio que supone creer que según quienes «no pueden ser amigos».

É rase una vez una cría de rana que saltaba por el campo cuando al otro lado del sendero descubrió a un ser al que jamás había visto.

Era largo y delgado y su piel parecía brillar con todos los colores del arco iris.

—¡Hola! —exclamó la ranita—. ¿Qué haces aquí tendido en el sendero?

—Me caliento al sol —exclamó el ser—. Me llamo Bebé Serpiente. ¿Y tú?

—Yo soy Bebé Rana. ¿Te gustaría jugar conmigo?

Así fue como Bebé Serpiente y Bebé Rana pasaron toda la mañana jugando en el campo.

—Mira lo que puedo hacer —dijo Bebé Rana y dio un salto en el aire—. Si quieres, te enseñaré —le propuso.

Enseñó a saltar a Bebé Serpiente y brincaron juntos por el sendero.

—Mira lo que yo puedo hacer —dijo Bebé Serpiente, y reptó sobre el vientre deslizándose por el tronco de un viejo árbol—. Si quieres, te enseñaré a hacerlo.

Y Bebé Serpiente enseñó a Bebé Rana cómo reptar sobre el vientre y encaramarse a los árboles.

Más tarde, les entró hambre a los dos y decidieron irse a casa a comer. Pero antes quedaron en que se encontrarían al día siguiente.

—Gracias por enseñarme cómo se salta —gritó Bebé Serpiente.

—Gracias por enseñarme a reptar por los árboles —exclamó Bebé Rana.

Y se marcharon a su casa.

—¡Mira lo que sé hacer, mamá! —exclamó Bebé Rana reptando sobre el vientre.

—¿Dónde has aprendido a hacer eso? —le preguntó su madre.

—Me lo enseñó Bebé Serpiente —contestó—. Esta mañana hemos estado jugando en el campo. Es mi nuevo amigo.

—¿Acaso no sabes lo malvados que son la familia Serpiente? —preguntó su madre—. Tienen veneno en los dientes. Procura que no te coja nunca jugando con ninguno de ellos otra vez. Y deja de arrastrarte sobre el vientre, no es propio de ti.

Mientras tanto Bebé Serpiente regresó a su casa y empezó a dar saltos frente a su madre para mostrar su nueva habilidad:

—¿Quién te ha enseñado a hacer eso? —preguntó ésta.

—Ha sido Bebé Rana —contestó—. Es mi nuevo amigo.

—¡Qué calamidad! —dijo su madre—. ¿Es que no sabes que nuestra relación con la familia Rana ha sido mala desde el principio de los tiempos? La próxima vez que juegues con Bebé Rana, cázale y cómetelo. ¡Y para ya de dar saltos! No es propio de nosotros.

Al día siguiente, cuando Bebé Rana encontró a Bebé Serpiente en el monte, se mantuvo a distancia.

—Me temo que hoy no podré jugar contigo —exclamó dando un par de saltos hacia atrás.

Bebé Serpiente lo observó en silencio mientras recordaba las palabras de su madre.

«Si se acerca demasiado, saltaré sobre él y me lo comeré», pensó.

Pero entonces recordó cuánto se habían divertido juntos y con qué amabilidad Bebé Rana le había enseñado a saltar. Suspiró y se deslizó por el campo.

Y desde aquel día, Bebé Rana y Bebé Serpiente nunca han vuelto a jugar juntos. Pero suelen sentarse a tomar el sol y recuerdan ese único día en que compartieron su amistad.